W9-BUQ-396

A Milo

Título original: *Pomelo rêve*
Publicado con el acuerdo de Albin Michel Jeunesse, París
© De esta edición: Editorial kókinos
Primera edición: 2005
Segunda edición: 2008
Web: www.editorialkokinos.com
Traducido por Esther Rubio
ISBN: 978-84-88342-84-3

Pomelo sueña

Ramona Bădescu Benjamin Chaud

KÓKINOS

Pomelo sueña

Muy a menudo,
Pomelo tiene el mismo sueño.
Sueña con flores de diente
de león.

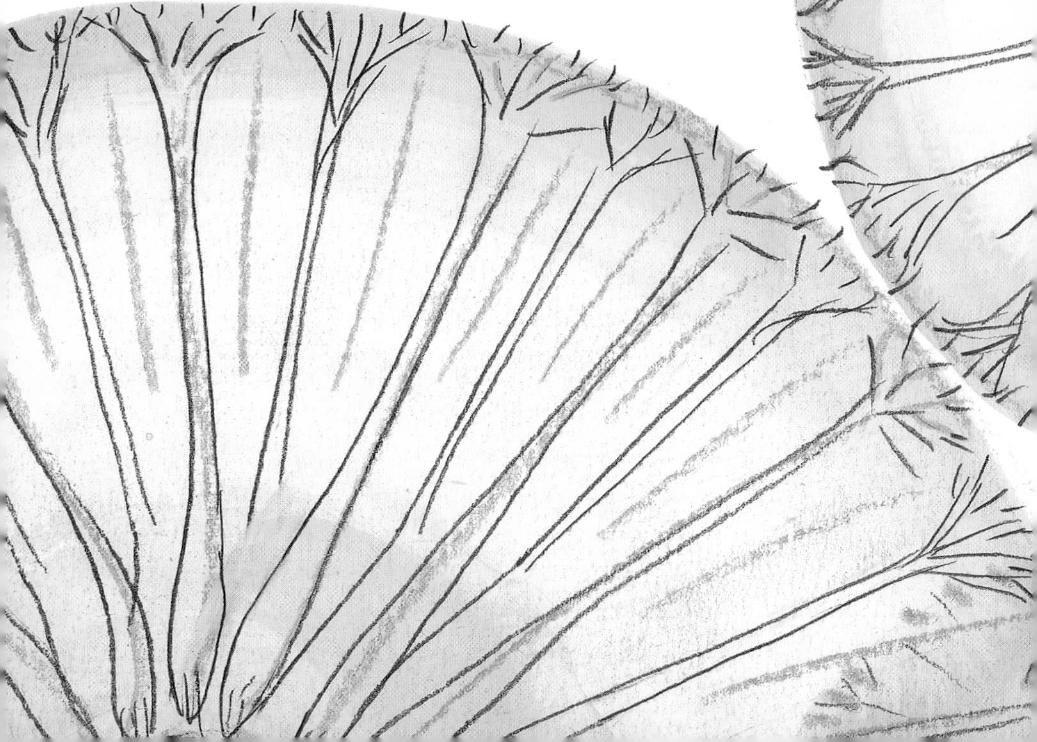

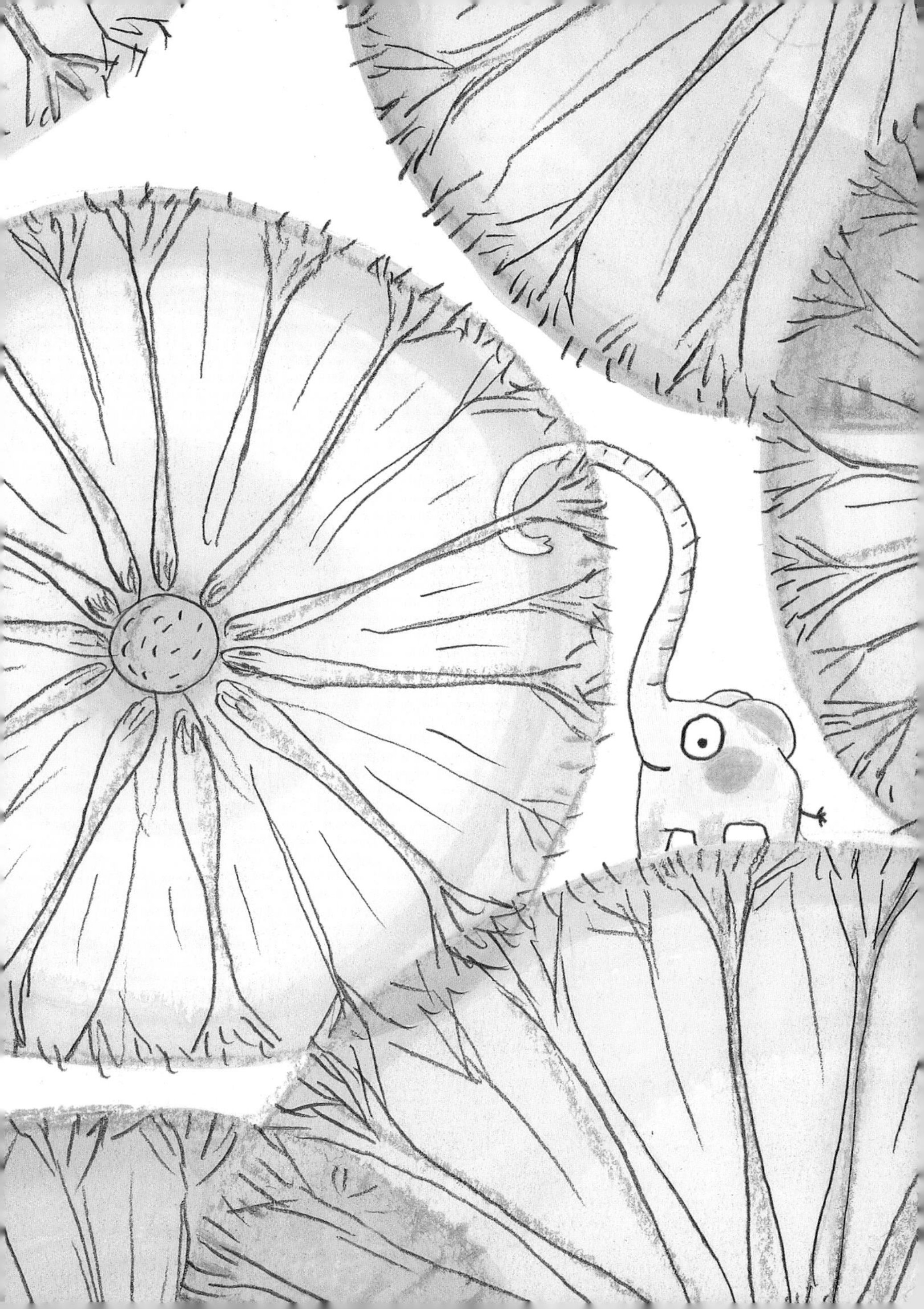

Pero, a veces, sueña con animales
que no existen.

O sueña
que vuela.

Sueña con lugares lejanos.

O sueña con la primavera.

Sueña que tiene
un bañador de lunares…

…o de rayas (no sabe cuál elegir).

También tiene sueños
hacia arriba
y hacia abajo.

Sueños azules.

Sueños resbaladizos.

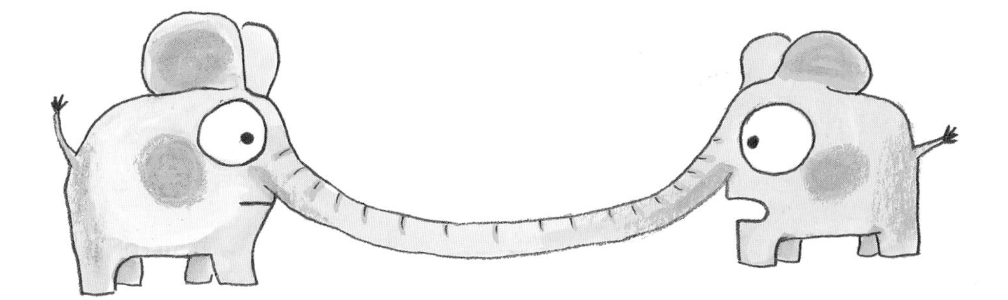

Sueños que es mejor olvidar.

Sueños sin principio ni fin.

Sueños confusos,
un poco borrosos.

A veces, Pomelo tiene sueños
que no entiende muy bien,
que no tienen explicación
y de los que, de todas formas,
ni se acuerda.

También le ocurre que sueña
con hortalizas que hablan.

¡Shhhh!

Y que en algún sitio, en otro huerto,
hay otro elefante que vive debajo de una
flor de diente de león.

También tiene sueños en los que él es Gigi.

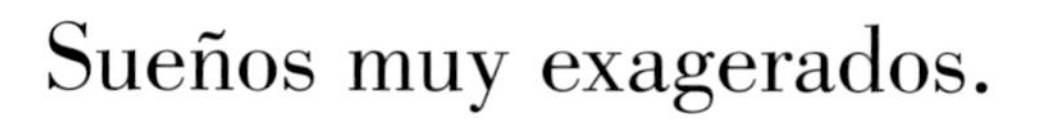

Sueños muy exagerados.

Sueños que no existen.

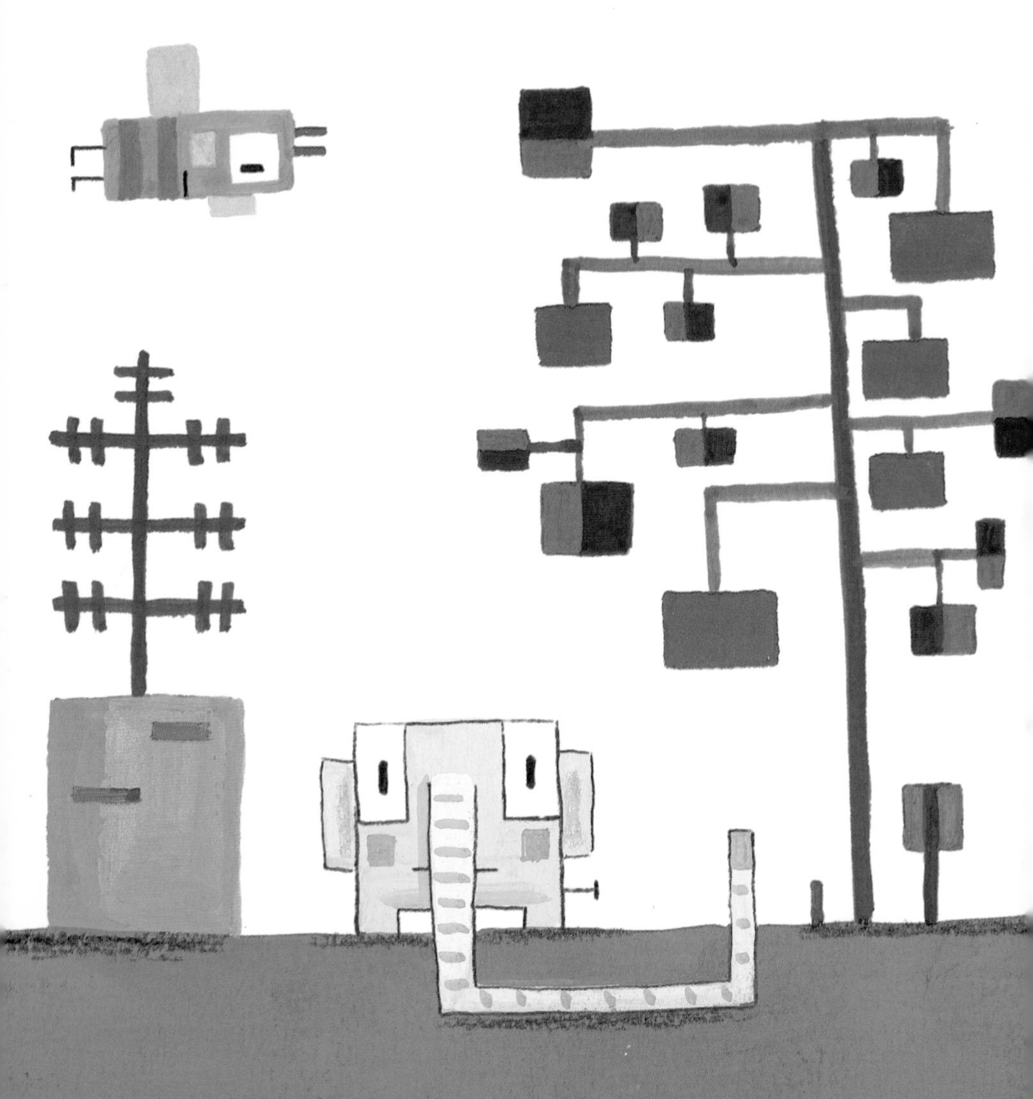

Sueños en los que baila
el cha-cha-chá.

Y sueños en los que se siente
observado por ti.

Qué patata tan rara

Esta mañana, bajo su flor de diente de león,
Pomelo se pregunta si no estará soñando.

Una patata muy rara le mira.

Le sonríe.

Y dice cosas que Pomelo no entiende.

Dice cosas que nadie entiende.

Qué patata tan rara,

con ese aire de despistada.

A Pomelo le gustaría hacerle un regalo.

Pero, ¿qué regalo le puede gustar a una patata?

Gigi propone una lechuga.
Pero la patata no entiende.

Gantok propone un paseo,
pero la patata no entiende nada.

Las abejas traen miel,
pero a esta patata
no le gusta mucho la miel.

Rita pasa totalmente de las patatas.

Entonces Pomelo le cuenta un cuento,
un cuento para soñar.

¡Es Carnaval!

Como hoy es un día normal,
Pomelo tiene una idea.

¡Es

carnavaaal!

Y Rita se disfraza de flor.

Las babosas se disfrazan de tren.

Gantok se viste de gran jefe indio.

Gigi… nadie sabe
de qué va disfrazado.

Sono Gigi
l'amoroso

Las abejas se han disfrazado de:
Pirata 1, el terrible.
Pirata 2, el horrible.
Pirata 3, el dentudo.
Pirata 4, el desmelenado.
Pirata 5, el radioactivo.
Pirata 6, el garras.
Pirata 7, el pinchos.
Pirata 8, el pepitoria.

Todas de piratas, menos dos,
que han preferido disfrazarse
de oso y de bola de nieve.

Los tomates se han disfrazado
de Pomelo.

Las hormigas se han disfrazado
de hormigas rojas.

Ah, no, perdón,
de fresas de bosque.

Las zanahorias
se han convertido
en cohetes.

Y hasta Silvio se ha puesto
zapatos rojos.

Pomelo se ha disfrazado de felicidad.

Las luciérnagas han hecho una guirnalda.

Y esta noche... ¡todos a dormir
bajo la flor de diente de gato!